后浪·陕西省第二期"百优"作家丛书

采集星星的心跳

周文婷 – 著

陕西新华出版
陕西人民出版社

图书在版编目（CIP）数据

采集星星的心跳 / 周文婷著 . —西安：陕西人民出版社，2024.1
ISBN 978-7-224-14934-0

Ⅰ. ①采… Ⅱ. ①周… Ⅲ. ①诗集 – 中国 – 当代
Ⅳ. ① I227

中国国家版本馆 CIP 数据核字（2023）第 082491 号

出 品 人：赵小峰
出版统筹：王亚嘉　党静媛
责任编辑：党静媛
责任校对：袁宏军
装帧设计：白明娟
版式设计：蒲梦雅

采集星星的心跳
CAIJI XINGXING DE XINTIAO

作　　者	周文婷
出版发行	陕西人民出版社
	（西安市北大街 147 号　邮编：710003）
印　　刷	中煤地西安地图制印有限公司
开　　本	880 毫米 ×1230 毫米　1/32
印　　张	8
字　　数	177 千字
版　　次	2024 年 1 月第 1 版
印　　次	2024 年 1 月第 1 次印刷
书　　号	ISBN 978-7-224-14934-0
定　　价	49.00 元

如有印装质量问题，请与本社联系调换。电话：029-87205094

代序

时代向前，后浪奔涌

陕西省作家协会主席、陕西文学院院长　贾平凹

纵观中国当代文学的发展格局，陕西文学创作底蕴深厚，果实丰硕。一代又一代作家的继承与接续，使陕西文学在众声喧哗的多元文化轰鸣中，有着振聋发聩的独特力量。

时代的呼唤，激起层层后浪。对中青年作家的扶持和培养，是加强陕西文学人才队伍建设、特别是做大做强"文学陕军"品牌的必行之路，也是陕西省作家协会响应陕西文化强省建设的重要之举。2021年底，陕西省第二期"百优"作家遴选完成，集结了一批有担当、有作为、有学识、有激情的中青年作家。这些年轻一代作家在汲取优秀传统文化的基础上，不断打破写作土壤板结，在创作视野、题材和手法上寻求新的突破，展现出新时代的精神气象。

为了加大精品扶持和宣传推介力度，集中展示并扩大

"百优"作家优秀作品的传播力和影响力，激发作家的创作活力，由陕西省作家协会指导、陕西文学院具体组织编选了这套"后浪·陕西省第二期'百优'作家丛书"。丛书从第二期"百优"作家近三年创作的作品中遴选出 10 部具有代表性的优秀作品，涵盖了长篇小说、中短篇小说、报告文学、诗歌等体裁，充分展示了第二期"百优"作家对文学艺术的坚守与追求，展现了年轻一代"文学陕军"蓬勃的创作活力与丰厚的文化情怀。

  时代向前，后浪奔涌。第二期"百优"作家虽还年轻，但在文学追求和写作技法上，已经积蓄了强大厚实的力量。愿我们的年轻作家承前浪之力，扬后浪之花，秉承崇高的文学理想，赓续陕西文学荣光，勇挑陕西文学事业由高原向高峰攀登的重担，让源远流长的陕西文学之河浩浩汤汤、蔚然奔流！

2023 年 7 月

目 录

第一辑 一颗现代的星星

细节勘察大队 / 003

世界的家属 / 005

星云娃娃 / 007

拧了拧永恒的阀门 / 009

长庚星 / 011

石油缝制的土地 / 013

必须的一天 / 015

守斋的星星 / 017

月亮和星星 / 019

寻星之旅 / 021

一万年后的宇宙里 / 023

深海里的星星　/ 025

崭新的人生　/ 026

一颗现代的星星　/ 028

卖星星的杂货铺　/ 030

星星河　/ 032

男孩叫霍牛牛　/ 034

我认识那颗矮行星　/ 036

青苔已深　/ 038

黑森林上空的星星　/ 040

那颗穷星星　/ 042

聚沙之年　/ 044

继续在世界的茧房造梦　/ 046

第二辑　如果明天继续下雪

时间的内部　/ 051

背景音乐　/ 052

如果明天继续下雪　/ 053

东风破　/ 055

石山无序 / 057

制造时间 / 058

光阴课 / 059

时间爱过我 / 060

寻己者不遇 / 062

航迹云 / 064

我在人间放眼望去 / 066

听说你也老了 / 068

雾衣裳 / 070

站在一生的黄金分割点 / 072

十二月 / 074

一年之始 / 076

保证书 / 077

我的小时代 / 078

某一天 / 079

一九〇五年 / 080

管钳的梦境 / 082

统计几枚成熟的果实 / 083

在靖边 / 085

黄土高坡多风，干燥 / 087

盐城小记 / 089

时间之术 / 091

布面材质的天气 / 092

内心剧场 / 094

时间的孩子 / 096

失落的优雅 / 098

人到了美术馆会变得好看起来 / 100

时间突然碰了他一下 / 102

这个夏天 / 104

寂静天团换届大会 / 106

寂静工作者的社会实践 / 108

治疗无症状过敏情绪 / 110

一个叫七里村的地方 / 112

山水延长 / 114

小夏日 / 116

我的年月日 / 117

今夜痛饮星辰 / 119

慰藉之果 / 121

睡眠细胞模型 / 123
一九九〇年 / 125
自由和玫瑰 / 127

第三辑　做一件大于太阳的事情　比如：爱你

我需要辽阔指向我 / 131
蓝天下 / 132
小狮子 / 133
慢一点 / 135
去恋爱吧 / 137
我要遇见爱情了 / 139
离歌 / 141
大师公园 / 142
幸福路 / 144
爱你爱得太久了 / 146
安于室 / 148
慢慢爱 / 149
水的呼吸 / 150

恐高患者 / 152

未来的你 / 153

无限爱 / 155

吉日 / 156

啜饮黑暗 / 157

捕云人 / 159

潮水汹涌 / 160

延一井的孩子们 / 161

阿司匹林 / 163

我拿什么来爱你 / 165

孤单，或灿烂 / 167

理想万朵 / 169

破执 / 171

月光爱人 / 173

那座火山久经休眠之苦 / 175

只要你半滴眼泪 / 177

我在丽江给你写信 / 179

她很美 / 181

那些被我爱老了的人 / 183

埋进风里的重要内容 / 184
蝴蝶结般的爱情 / 186
别，相忘于江湖 / 188
骆驼或马 / 190
睡在我手里的那颗野果 / 192
她在大雾中写信 / 194
我们靖边见 / 196
月光菩萨 / 198
流年何往 / 199

第四辑　风在风中

身体里住着一座庙宇 / 203
风在风中 / 205
读一棵树 / 207
青苔满身 / 208
眼睛里藏着一大块瀑布 / 210
清平乐 / 212
初生 / 213

你的孤独漂在海上 / 215

呼吸形成的多边形 / 217

发声 / 218

我和我 / 220

塞壬 / 222

经验交流材料 / 223

天才种的玫瑰树 / 225

一地故乡 / 227

二十九岁之前 / 229

我把天空还给了你 / 231

草间居游 / 233

花的学校 / 235

梦境被老虎入侵 / 237

过故人庄 / 239

后记 / 241

第一辑 一颗现代的星星

素描大地粗犷的呼吸之时
偶遇一颗现代的星星
彻夜长谈风是怎么样吹的
我们一起品尝年轻,巴巴地
一遍遍等着衰老的那一刻

细节勘察大队

大好的河和山,身披忧伤
风站立在略显干枯的头发上
慢腾腾和一根火柴细聊家常
我拿着彩色的种子
种植在时间的皮肤里
长出来的爱情和眼泪
看起来干净又令人着迷

到处都是光线的声音时
你才坦白,你曾见过我
在一棵橘子树下
叶子上到处都是橘子的味道
没有谁打听一下耐心的下落

这么多年了,橘子还没结出来

哭声盘旋空中,并不落下
没有醒来的瞬息,巴巴地等着
细节勘探大队,提取证据
还给梦境一床星斗

——原载《西部》2022 年第 6 期

世界的家属

宿醉在一颗星星的喉咙处
想把道路之外的一切
统统催熟一遍,看看谁的脸
沉迷于红灯和绿灯之间
折叠进了眼睛里的火锅

时间,这绿色的骗子
鼓励我购买那么多
给心灵安装的钢化玻璃

玻璃中住着一位外地的码字员
手指上站满了顽皮的灰尘
跋山又涉水之后

从嗓子一跑出来就碎掉了

办公桌，台灯，打开的文档
成了我的小姐妹
催着让一些名词赶快睡觉

黑夜经过多年勤学
被灵感招聘为语言学教授
为了理解它每日讲课内容
我不得不用一些小心思
成为世界的家属

等待沉默敲门的时候
我的头发又长长了一些
借来雨水的嘴唇
对着诈骗短信，发霉的馒头
将抒情的心肝偷拿给梦境

——原载《延河》2022 年第 12 期

星云娃娃

光芒之下,未知的味道真诱人
星云娃娃是喜欢追赶世界的预言家
让时间兴致勃勃找到自己落脚之地
吸引大量粉丝,欢呼雀跃
利用每一个呼吸成形的词语
打捞独处深渊的梦境
凝结成老虎,狮子,大象的外形后
带着一罐子的蓝色,去敲宇宙的心脏

捂着黑暗的耳朵建一座声音博物馆
一吨又一吨的光明,送到唇边
成千上万个故事概要正在苏醒
奔走相告给天外来客——

年轻的谜居住在同一个命运之中
无聊之时掰开孤独大小的核桃
邀请远亲和近邻相继品尝,相约
星云娃娃再长大一些,一起航拍寂静

——原载《西部》2022 年第 6 期

拧了拧永恒的阀门

我在别人的期待中全身长满乱草

在一棵红成了好主意的树下

给天空上了一把金锁

祈愿风和雨之间

一定有一个虫洞收留断肠人

我身上穿着一片大睡的海

从人群走过——

客观唯心主义者敲击大气层的胸腔

寂静像一团质量不佳的毛线

缠绕着太阳，暗恋夸父

我的眼睛里躺着

一条小蛇，一场小开心
周围到处都是地球孤寂的头皮屑
拧了拧永恒的阀门
生怕梦境渗漏出来
时间只有半颗心了，如今长出来
一张脸，像动也像静

——原载《延河》2021 年第 8 期

长庚星

那张失忆的桌子上
摆放的果实,藏着一句真话和一句假话
利用一把叫永恒的刀具
在身体里栽种玫瑰

明天就可以下一场不忧伤的雨
毫无戒心的月亮,掉在碗里
目睹长相厮守,也目睹背叛

那颗长庚星是一名哲学家
用尽一生清扫眼睛里的灰尘
手指上的废墟之地
成为探险者的必经之路后

夜晚燃烧成一小撮烟
遮盖在花瓣做成的灵感之上
拒绝我用长庚星的眼泪写作

——原载《芙蓉》2022年第4期

石油缝制的土地

作为一名合格的记梦员
作为时间的世交
作为土地赋予饱腹感的第三批次幸运者
喜欢不同大小、形状的快乐、忧伤
以及死去又复活的野草
将日出和日落从左手倒腾到右手
沉默终于具有可持续性

躺在石油缝制的土地之上
度过了一个黑夜,一个白天
每到谈谈年景的时候
土地的功力丝毫不减
总能和风的身体热烈抱在一起

絮叨着理想隐居的蜂巢

浑身裹满了带刺的甜

随着寂静留下的脚印

一同晚睡

一同清扫缺点

一同想象临摹宇宙图景

——原载《石油文学》2022 年第 5 期

必须的一天

我必须以一个君子的形象
猎杀内心的糟粕和枯草
不愿重回无所事事的颗粒之中

举着火把飞奔的良善
狙击这世间唯一的黑暗

我必须去医治头顶破碎的星辰
甚至坚信星星们会长出鱼鳞
围困水中扑闪梦境的大花眼

手心里种满的荆棘花园
有乌鸦飞过,光线卷起铺盖离开

我必须在辽阔的大海里栽种苹果树

潜伏在残破的性格里缝补高山和丘陵

迈着遗传的步伐找到火焰

燃烧现实里的眼泪和不公平

因为慈悲，灰烬必须学会舞蹈

——原载《上海诗人》2022 年第 5 期

守斋的星星

居住在花岗岩制作而成的城市
每天流动着过季的风景

那时候,青春满身星光
却披一件不合身的静默

被风吹得瑟瑟发抖之时
叶子也吹起久藏的小号

流过的泪水太多——
无尽的思念在密云中栖息

偏见直直地插入日常生活

这一刻,我总想做点什么

在没有一技之长的寂静里
守斋的星星总想抒情点什么

——原载《上海诗人》2022 年第 5 期

月亮和星星

那些年,我有足够的热情
在村外山头上喊一嗓子

整条小路,筋骨通络
我嘚瑟得就要飞驰起来

我抱着田地里的瓜果
把自己打扮得和它们一样成熟
才敢进入夜晚

夜里新长出的风有些冷
只是冷久了便习惯了
毕竟风是要回家的

不需要守夜者,星星那么多
抢着为村前村后效劳,月亮
那么大,认真地催熟每个人的梦

——原载《芙蓉》2022 年第 4 期

寻星之旅

亘古中一丝须臾
应聘了科学家的助手
借用霍金的思考力
从人类嘴里吐出来的真话和假话中
剥落一些颗粒下来
利用日暑，寻找后世的彩色肖像
那些野苹果的祖先成为桌上的食物
陪着蓝色的星星入梦
黑玫瑰的影子疯狂地袭击着你
让你为昔日的绝情买单
疾驰的想象扫掉人间所有的落叶
腌制成新的茶余饭后的台词
那些穿上白天和我打招呼的人

将清规和戒律还给自己之后

星星便主动来到了地面

——原载《延河》2022年第12期

一万年后的宇宙里

早上醒过来之后
额头上长出来大朵大朵的玫瑰
形容的词语长成了大人的模样
被这一天支配表演不同的节目
直到进入了无梦的葳蕤睡眠
时间开始翩翩起舞
每一颗星星穿着一件新衣裳
老式的理想主义者
依然拥有八十三种烦恼
双肩包里的那台电脑将旧世界携带在身
看到理想的种子按需分配的时候
不由得痛哭流涕……
坐上火箭和飞船这样的日常交通工具

跪在削发为僧的冬天面前
祈愿在一万年后的宇宙里
还有人能鲜艳我的眼球

——原载《上海诗人》2022年第5期

深海里的星星

站在时间的侧面

态度是一颗未剥的蒜

窗外的雨，越下越大

正在湿透一些日常名词

比如：玫瑰

那些志在四方的风

逐渐褪色，白白辛苦一路的风景

等待了一生——

情绪的皮肤之上

建设深海里的星星博物馆

明天起来，便能看见

时间做好的那件花衣裳

——原载《作品》2020 年第 10 期

崭新的人生

而立之年,是坦途还是歧路
已初现面貌和表情
黄土和黄土比赛着谁更有生机
身边的人都在唏嘘不已的时候
担心坏运气轮回到我这里

选择让活得不够如意的那个自己
暂时消失,至少让意识暂时离开
地球表面。内心尽管让惊雷
不断炸响。摧拉枯朽,不断枯竭了

左手的五根手指轮流紧急发言
和右手的手指建立同盟关系

相约众志成城，携带着
消磁的银行卡去往新的意识
制造模样俊俏点的人生

　　　　　　——原载《延河》2022 年第 12 期

一颗现代的星星

素描大地粗犷的呼吸之时
偶遇一颗现代的星星
彻夜长谈风是怎么样吹的
我们一起品尝年轻，巴巴地
一遍遍等着衰老的那一刻
眼睛里开满了疯狂的黑玫瑰
孤独在旷野的星际里驰骋
无知被扔进大海和洗衣机
黑夜的手指伸向四面八方
你说天上的星星和地上的昆虫同样可爱
水和水曾喜欢玩叠罗汉的游戏
冬天一到，冻结的快乐多像一尊
醒着的神。永不停止的死亡

两眼空空——

盯着每个人对人世眷恋成朵花

——原载《延河》2021年第8期

卖星星的杂货铺

夜里剩下的最后一道目光
将故事装进粗糙的衣袋里
空气出神地停在空中
远远近近的草木
都伸向卖星星的杂货铺

冷和热早已学会了秩序
提着各自的灯火开始挑选黎明

母亲喂养的六平方米的江山里
迷路的东风一遍一遍来到身旁
走向柜台前看起来有些走神
却不忍放过一寸替周某某圆梦的机会

黑夜的身体长出新的影子
和草莓味的星星一起买进口袋

幽默的，你来我往的寒暄中
星星自觉地醒了
掌间早已准备好的河流啊
都成了星星的新家

沉默远远地望着，不敢靠近
只有我和柜台上的目光知道
远行的人和杂货铺里的星星
一定见过，也一定认识
他们正在商量给予母亲一平方米

——原载《红豆》2020 年第 3 期

星星河

一直没有告诉母亲,屋前那棵柳树
长得像十七岁的我悲伤过度的右脸

我看见,母亲眼里每天抱守着残缺
从我的每一个毛孔里蹦出来
啪啪啪地响,像着火了一样

想起多年来一直想给母亲
抱回家的那捆柴火,燃着
一颗又一颗星星,直到火势熊熊
烧成一条河,我划着船载着母亲

原谅我,这么多年

还是只敢在你怀里孤独,只是
黑夜的黑被我披在身上,越来越大

——原载《红豆》2020年第3期

男孩叫霍牛牛

霍牛牛,站立在清晨的肩膀上
看着远山今天穿的是长衫还是短袖
太阳把眼睛睁大后
时间要开始忙着手里的各种活了
数着脚下没有留下的脚印
妈妈在周围提前画好的危险草图里
终究希望比失望更持久一些
和多边形的爸爸对话的时候
有什么从眼睛、鼻子和懵懂里长出来
然后排起了长长的队伍
抬起头,给宇宙这个蓝色的董事长
敬个礼,直到
熟透的果子纷纷滚在了脚下

捡起来一颗,就着成真的愿望
吃着,顺便与世界对望了一眼

——原载《石油文学》2022 年第 5 期

我认识那颗矮行星

浆果无处可去的时候

利用三到五个夜晚

和眼泪搅拌成酒,喝干

让寂静的物质,在大脑里翻跟头

果敢地去往一个陌生的工厂

和流水线上的年轻女性

一起加工新的二十五岁,或者二十六岁

完成在食欲和爱情里不能自拔的任务

像一场介于行星与小行星之间的舟车劳顿

擦眼镜,修理线头,还有雪中的那一段独白

通通被我镶嵌进咆哮,真恼人

吞噬暴风的那一天,构思一大片森林

隔壁办公室的离愁别绪蜗居其中

制作的分手玫瑰花，香气释放在

宇宙的某个角落，留下深刻的狭隘

像唯一的迷路人，有光涌出来前

说完大话，催促眼前的这座尘埃

去邀请好的乐手打断喧嚣

还有，忘了说我认识那颗矮行星

就是他夜夜不停仰望着的那一颗

那时我戴着口罩，把生活撂倒在冰碴上

——原载《石油文学》2021 年第 5 期

青苔已深

再见前,我们的想象力
都是一颗小行星,只要对
别人的房屋、道路、人身安全
构不成危险,便可以在
树与树之间单纯地发亮和移动

不会叫醒虫鱼正在做的美梦
只是会把身体长成青苔
潮湿便成了唯一的爱好

我们不想继续干渴下去
词语之间缺失水分太久
撞在一起生疼,疼出血来

我们要活得动人一些

配得上故事里的曲折

灵魂才会自动辨认

冬天，冷终究是要回家的

青苔已深——勿扫

——原载《石油文学》2020 年第 5 期

黑森林上空的星星

现在,就搬这一次家了
随手摘一颗星星下来当作门铃
每个瞬间成为这个时代的藏品
将一生藏进这片黑森林之中

现在,我要去做一个中了一千万的梦
去赴一场银河的宴会
时间从风里雨里回到房子
依然干净得像这场梦一般

现在,饲养眼睛里的盐水
盐水里居住鸟语,花香,理想的模样
还有我彻夜深眠的抒情和安全感

你爱我的时候,我起身前往厨房

现在,你可以在黑森林中爱我了

——原载《石油文学》2022 年第 5 期

那颗穷星星

那个饥饿的巨人

被推进了生活的特价区

身体无限接近钢铁般的土壤

用占卜师的方法

让枯萎的意志力吸引象群移步

难以消化的承重打通理解的边界

天塌下来,欲盖弥彰

缺氧的语言,不停地被复制

男人的身体,女人的身体

倦鸟归巢之后,生活的矛

朝向真相,朝向寒意

眼看诵经的声音有快有慢

我那半斤的虔诚远远不够

躺在落日的怀里，被苍茫遗忘
像死在石头堆里面的那颗穷星星
只是辜负了时间白白留出的一角

——原载《上海诗人》2022 年第 5 期

聚沙之年

顺着那只胖鸟的目光
确认光线正在讨好母亲的脸

岁月执着于运动的法则
反复收集新人旧人的心得体会

巨浪狂风还在屋子里煮酒饮茶
羽翼不停地种因结果

我在一颗番茄中拆解心灵
找到二两的营养成分

聚沙之年,真实是光头小子

喜欢碎石子扔向游戏的开关

没有烦恼可以压低树梢
夏天把尾巴扬得很高

群星之上写满大道理
成人世界的墙角总有塌陷的危险

——原载《石油文学》2022年第5期

继续在世界的茧房造梦

你是虚无的女儿,嘴巴里驮着超载的语言
里面的生僻字被灌入了铅
你后悔自己主动招惹了孤独
招惹了气血不足的离别
招惹了待嫁的诗歌
春天将至,你像个大人练习春困
日光和树影吵闹不停
失眠咬着噩梦也咬着好梦
你滴了一滴石油在手心里消遣时光
然后继续回到世界的茧房造梦
无人喊停,也无人将你造好的梦
掰开,你要被希望第一批次录取
才能拥有第一批次的快乐

你要习惯用盐水洗涤自己
才能从寂静撕开的口子长成一棵盐树
你嚼着酸枣与穿着隐形衣的未来
相敬如宾,转身作揖致谢
我成为你梦境的第一撰稿人

——原载《延河》2021 年第 8 期

第二辑　如果明天继续下雪

如果明天继续下雪

你要把身上剥落的寂静

一点一点养大

时间的内部

她,获取了黑夜势必要
找回自身的颤抖
她是穿着规矩走在时间之上的人
她,在自己的身体里辨认人、神
她的孤独用尽了
她拿着世人的孤独继续用
生生不息地创造和被创造
时间内部的每一个切割面
决心打破自己,扎破顽皮孩子的手指
她,蹲在身旁挖一口深井
供养寂静长成一个大人
帮她识别灰尘和方向
找到生活的缺口——永不返回

——原载《芙蓉》2022 年第 4 期

背景音乐

时间在山山水水之中
寻找自己栖息之地
那些白的,红的,黄的,统统
被命名为世界。世界被大和小
这两个形容词装进口袋
圆鼓鼓的时候——
便没有人惧怕贫穷和疾病
太阳像个青年站立在对面
——我笑得最好看
亮晶晶的生活是世界的背景音乐

——原载《诗歌月刊》2020年第9期

如果明天继续下雪

时间不早了
橘黄色的灯从玻璃的脸上点亮
你像迷信一个女人一样
迷信洁白

总是掉落雪的那根枯枝
寒意在他身上又长了一岁
你别搓红了手庆贺
紧挨的雪,也在寻找掉落的理由

眼睛里的水流速度比不上结冰的
速度,别气馁
方圆十里,自觉形成一幅天然艺术作品

供你自述一天如何被发丝粗细的期待填满

心口的不远处缺少一只神鹿

和梦中的那一只是双生子

连夜给装满种子的袋子,起新名字

如果明天继续下雪

你要把身上剥落的寂静

一点一点养大

——原载《星火》2022 年第 3 期

东风破

光芒划破直觉

眼泪就要落下

钢铁铸成的时间里

爱和恨都被原谅

被原谅的还有此时活生生的情绪

被季节举过头顶

万吨黑暗推着东风

构建春天的语言体系

我没有多余的时间向你解释

哪些苦已被冬天吞没

哪些甜刚刚站在起点

眼睛里的波浪开始在东风中

涌动得宽阔了一些

和预料中的一样，一样

——原载《诗歌月刊》2020年第9期

石山无序

我指望内心的倔强站出来
和眼前这座石山比坚硬
容许影子刻在石山之中
将子丑寅卯演个遍，再把
传说藏进去后，喝一口烈酒
对着石山喊出一个爱字来
回声震荡着胸膛，泛起的波纹
会被诸神赦免，曾写过的苦
味道越来越淡，山上的石头
已无法滚落，幸好生活不需要
更多的忧伤，我们已学会祈祷
石山上的指纹认真指向
与未来有关的风和日丽

——原载《石油文学》2020 年第 5 期

制造时间

那些撸起袖子的工人们
燃烧着日子,从六月、七月到八月
他们有过度明确的方向
风吹不皱,时间只敢怯生生地偏移
用鼻角的阴影部分乘凉
思考宇宙的时间留给了孩子
星际的重量超过了书本
眨巴的眼睛,被发热的词语
点燃……烧起来了,烧起来了
那种灼烧感,我父亲的脊背有幸体会过
相熟的生活碎片时刻期待在关键时刻
加入其中,让火焰挑选真正的金子

——原载《四川文学》2022年第3期

光阴课

我已经皮肤松弛,头发脱落
想承认即将老去的事实
地上揉成团的纸张
提醒,只有我一个人老去
我的亲人,挚友,仇敌
我没有干的水渍,没穿的衣物
没有拨通的电话,没去的西藏
没失的眠,没流干净的眼泪
没欠的债,没新盖的房
以及我爱过的人中没有谁
跟着老去,十八年前
将他们留在了年轻的山峰
保鲜。便一个人下山去了

——原载《石油文学》2020 年第 5 期

时间爱过我

时间腐朽前

承诺有高空坠地的危险性

那个十八岁的少年

曾一本正经地爱着我

我拒绝的时候,整个北方的风

都吹向我的身体,从此

我在虚无中夜以继日凿出星空

不知斑斓过健康还是疾病

贫穷还是富有——

训练多年的豹子,依然喜欢从

喉内跑出,每一个昨日依然

奉上悼词,每年风枯之时

便陷入有限的回忆

溢出来的沉默，巴巴地等我
掏出自己猩红的心——
证明时间真的爱过我

——原载《草堂》2021 年第 10 期

寻己者不遇

从木头的黄金期开始
练习不言不语
信仰和黏附的灰尘同命
尚未崩塌,四周是墙
群山淤青未散,垂着脸

落日拖着我的影子
林木绊着我的影子
河水困着我的影子
只有一身黑色的鸟知道
影子无罪,至此

悲哀的人将继续悲哀下去
月光也将继续白下去

被嫌弃了这么久的声带
给予选择变老的权利

亲口承认镜子里的自己是
是寂静命定终身的人

——原载《草堂》2021 年第 10 期

航迹云

二十一年前在周圪崂村
第一次见到航迹云
时间被叫停了一般
眼睛一直挂在那一刻
那一刻偷去了我一天的睡眠
想像摘果子一样把它摘下来
送给田地里的母亲解渴

风软软地吹,消耗着体力
除掉光线多余的部分
我像押宝一般坚信那是天空
巴掌里新增加的一道命运线
预谋好被我的眼睛捕获

遍地的草都是年纪轻轻的样子
而我和优质的蓝并不知道
有一天我们会在虚无中想向
对方乞讨点什么，也不知道
航迹云之外，有一道光笔直地等着

——原载《青年文学》2022 年第 12 期

我在人间放眼望去

近而立之年,发现人人都有
机会和挨饿受冻靠得再近一点

荒草生生不息,疲惫的身体
里三层外三层地裹挟着一颗单纯的心

情绪来去真快,压麻了一只手臂
另一只手臂还可以轮一个完整的圆

玫瑰身上的刺没有人能逃得掉
疼就疼吧,顺便掌握了种植技术

每一张脸都洗得特别干净

却没有人承认是眼泪热心帮的忙

认识不认识的穷人和富人
曾以为的万古愁，都会化成寂静

原来时间才是最乖的孩子，说走就走
留下我在人间放眼望去，万物各司其职

——原载《中国校园文学》2021年第2期

听说你也老了

一年一度刮坏了的风
你让一院子的花香悉心照料
柜子里的大脾气和树枝比赛干枯
你的可爱,还没有用掉一半

阳光灿灿在温水里,波纹里飘着
年轻的翅膀,翅膀里的纹络
是你一生的地图……

坐在没有年龄的草丛里
时间成了永不重复的老情歌
哼一次打一个盹,醒来之后
继续将白昼打理得井井有条

听说你也老了,更多的时刻

习惯性伸出双手

接着灰尘……

——原载《中国校园文学》2021年第2期

雾衣裳

从昨天开始，对美有了渴望
每天不停歇地试穿雾衣裳
频繁使用别人的赞美之词

祖父在老院子种好的时光
如今日日有收成
憧憬来回奔跑，冒着热汗
脾气渐渐可爱起来
在空气中画着各种明星的脸
坚持带着花香讨要签名

金点子跑得飞快
我的脚长得太少了

好事坏事一个劲穷追不舍

我的血有些沸腾

购山买海的欲望像个问题儿童

等着气温批评教育

目光涌动成泉

猜测水分子是男孩还是女孩

秋冬会不会被任命为美好的伴侣

——原载《鹿鸣》2022 年第 12 期

站在一生的黄金分割点

祖祖辈辈的遗产落在手心
积攒多年,长成了掌纹

每一条纹络之间日复一日
建设屋舍,田地,梦想
一不小心途中将会出现
疾病,眼泪,别离

有多少条掌纹,就有多少种未来
每年,手掌因防控风暴会被嘉奖

站在一生的黄金分割点
目睹这代代相传的曲折和光明

爱有益健康是结论之一
就像，面包和牛奶一样

——原载《四川文学》2022年第3期

十二月

身体,突然重了起来

带着说不完的话

安静地看着山头的墓碑整齐地等着

牛、羊围绕在周围进行年末总结

可,一些荒凉总是想暴露

再也忍不住的结论

我站在太阳底下

听着拖沓的风声和脚步

数着没落完的雪花和第十二句承诺

我想走出太阳的影子

走了两步,只回到屋里

我也只能走这么远了
遂将身体躬成一个新年
给水流最后的仪式

——原载《滇池》2020年第2期

一年之始

春天，开始发明新的飞船
想成为第一批次驾驶室的主人
吹来的风是重要的引擎盖
我们将清晨的光
一遍遍当作燃烧的原料
添加进去的时候，我们用爱人的吻
轻轻画出时间的脸庞
小拇指大小的种子
在不同形状的睡眠里
静悄悄地盛开黑夜和白天
展示自我成为毕生的梦想
在此之前，我们面前
还有朵朵墙壁，不要犹疑
我们会夜以继日地抠出光明

——原载《石油文学》2022年第5期

保证书

风正侧耳倾听
我写给自己的保证书
不砍伐树木、不污染河流
不恶语迎人、不烧杀抢掠
……
我将一本正经地继续孤独下去
每天继续想象自己是一张地图
永不嫌弃自己的褶皱与泛黄
继续只爱树木不爱花草
只追随老得比自己快的事物
然后待在树荫下藏好自己的色斑
当然，继续不将风揪出来
还想让他听见我
继续说着不再爱你的谎话

——原载《诗歌月刊》2020 年第 9 期

我的小时代

北方的荒凉养我长大

落日，远方，自己及影子

互为队友，互为背景

画面动人，真实。在山里日复

一日感激那些无法理解的虚空

是他们延长了每个人对未知的耐心

沉默被荒草绕满全身

风越来越敦厚，朴实

那些和我一样的石油兄弟

姐妹们，关于年月、潮流

像彼此的孤独一样——不清不楚

——原载《石油文学》2020年第5期

某一天

"靖边站,到了"
这个声音想起后
人群和油井井喷一样
不停地涌出来
我的行李装满了疲惫
可是人太多了,疲惫中
裹藏的自卑和沉闷被挤压掉了
来不及捡起来,就被谁一脚踢飞
走出站后,我从另一个人群张望
那模样像寻找一座一座山里
有没有一个高产井出现

——原载《石油文学》2020 年第 5 期

一九〇五年

我将石油的专业术语再度温习
探究清楚,每一毫达西的前世
与今生,给予更多的地层一双眼睛
一双生而流泪的眼睛

我要将脚下土地的原始材料
报送给时间的耳、鼻、喉、眼、嘴
在北方以北建立档案
我相信,定会有人翻阅、调研、记录和传颂

从一九〇五年的第一场风开始
黑,成了唯一的亲信
我们在彼此的血液里隐居

云淡风又轻,燃烧的秘密
藏在碳氢化合物之中
我们愿意为彼此在北,北方
挚爱一生

——原载《石油文学》2020 年第 5 期

管钳的梦境

此刻,除掉日常冥想的部分

我能嗅到缺陷和遗憾

影子是唯一的帮手,使着一大把力气

惊动着抽油机继续咀嚼

自己的味道——

秋天摇晃得厉害

管钳急着找到毕生努力扭动的方向

把光线搬来搬去

我要好好睡一觉

提前认识没吃完的苦

顺便去看看管钳的梦境

封面是不是鲜红的战袍

——原载《石油文学》2021 年第 5 期

统计几枚成熟的果实

靖43658井满脸油污的工人
想象多日不见的孩子被风拔高身体
练习统计几枚成熟的果实
给他们起几个耐听的名字：
超越，圆满，达标，节节高还有周靖懿
迟疑片刻，后悔过早找到一件件
时间的加速器，满山麦子的颗粒
在发呆的第三分钟，与工友锄掉的草
一起安慰潮湿的围墙，在一排排
沉默中，一些标语总是出类拔萃
他想早点采摘些云的尾巴送给孩子
工具箱擦得发光，成为黑夜的铁证
左手生茧的那条土路，终日埋首

反复讨论如何果实累累……

他知道会有什么东西从时间的

脸颊流出来,他不敢命名

只是不停地在落日中祷告因果如常

发誓要守着命里唯一的信号源

和守着一个他无法接通的大时代

——原载《石油文学》2021 年第 5 期

在靖边

在靖边，天很冷风很大
我面对沉默，只字不提未来
我不知道自己还要荒芜多久
我不知道大山还要寂静多久
我不知道石油还要开采多久
别人提及的牛，锄头，种子
在我的脑海中已生锈八十一遍
夜里，油花一滴滴冒出
洗净锈迹，洗净锈迹里的土木之气
我变得：胆小，乖张，顺从
甚至不敢去想明天要发生的事情
我不再暴戾，偷偷地把明晃晃的事物
放在永远想不起来的地方

如果得到的，注定要失去

我只想将捡到的每一枝玫瑰制成干花

或画在纸上，不担心刺更扎人一些

如今的我，经得住疼或更疼

——原载《草堂》2021 年第 10 期

黄土高坡多风，干燥

不容许过多解释一棵毛头柳

在几段醒目的往事里不停地缄默

这些年，我在词语里饱经风霜

砍伐着暴戾的沙石，野草，北风

直到皮肤变得光滑红润，像恋爱一般

守在山腰，与曲线称兄道弟

大雪盖身，丢弃孤冷的决心指山为王

在风力发电机旁观测时间的位移

不停地调整川流不息的幻想与现实

迷恋着间歇性的惊喜与大面积的绿

然后选择在深夜里燃烧一团

被误以为正在使用偷来的光阴

如你所见，黄土高坡多风，干燥

沙棘的果实，挽留我多一分钟的热爱
把身体铺展在沟壑的拐角处
握着这个省份没有疼痛的部分
大把的眼泪掉下来，直至闻到太阳味
我在自己的故乡追名逐利，被宽恕
披满春夏和秋冬，视线被不老的孤独
漫浸一生。随着一块又一块石头
在抒情的缝隙处自强和心碎……

——原载《石油文学》2021 年第 5 期

盐城小记

夏天在我的想象中快速老去的时候
跟着风,用了六个小时
来到盐城。那些被耗尽水分的焦虑
一下子被谁偷了去
抹茶味,橘子味,草莓味的盐城
和怀抱落日的人相见恨晚

曾用绿色的想象力夜以继日
写下有名有姓的盐都在这里

这里港口的天那么蓝
这里的丹顶鹤那么美
这里的语言焊接在大脑的隧道里

风暴般的抒情在白纸和黑字间
奔跑成路,连着左手的那条命运线

——原载《石油文学》2022 年第 5 期

时间之术

二十年后的"我"走过来
见到现在的我,时间是面前的长桌
摆满了这二十年的见识与才华
"我"说:现在喜欢蹦极,潜水,滑雪,做饭
低着头,手足无措
"我"说:已爬过高山的山,见过大海的海
低着头,沉默不语
"我"说:掌握了词语之间的秘径,并且
已在其中提炼浓度最高的黄金
低着头,眼神呆滞
"我"说:那些年每天排队失眠寻找的意义
其实就在我现在每一天的锅碗和瓢盆里。
"我"还爱他吗?我只抬头问了这一句。

——原载《诗歌月刊》2020 年第 9 期

布面材质的天气

昨日，持微火者被孤立在
毛乌素沙漠的一角
手撕一小截风暴
用头疼脑热制造的呼吸御寒

未使用的香水，将烃类囚禁在
我的想象力中，真性感
作为独居一隅的白纸
有谁厚待的时候
就会全身发热起来
这时候，整个天气都是布面材质

眼里吹来又吹走的风

留下的对话现场

总期待专家莅临

在有人临摹的风景画前

安慰天赋的深浅不一

——原载《延河》2021 年第 8 期

内心剧场

空气挤着时间的表情

压迫草木，虫鱼，你我

不断地变形，变成不理想的模样

那些蘸着永远的糖浆

——在谎言面前破了相

不敢站在万人大广场之中，毕竟

胆怯，懦弱的基因是父亲的父亲给的

已经还不回去了

时间穿着荆棘的外衣

像得到真传的演员，不说痛和累

立志过好每一天，真感人

你陪着我感动到流泪的时候

已经认不出彼此,郊区废旧的角落
涂抹了最好的油彩,只是风这个场务
会归位一切,到时候你又会在
内心剧场争取一个怎样的角色
让我记住你,在无休止的想象中

——原载《延河》2021年第8期

时间的孩子

石油人喜欢荒凉,孤寂
吹过的风,有悲有喜
——都吹绿了山
我们成了被时间钦点的孩子
喜欢在群山之上
听听自己奔跑的回声

带着每一滴油花的记忆
数清楚有多少座山
就知道有多少种未来

等知道的足够多了
我们就是时候长大了

是时候让阳光丰腴起来

供给四面和八方

——原载《滇池》2020年第2期

失落的优雅

天色已晚,尚未掌灯
被驯化成功的记忆,小步慢跑
来到身前,帮忙将腐朽和陈词滥调
请上手术台,一点点解剖
又一针针缝补起来,不留疤痕
只为一遍遍清洁教养和仪态

拒绝走进一个破铜烂铁的时代
就要快点吞下钙片和催熟的时间
面对冷峻的镜面饱有深情
让昂贵和廉价被理想裹紧全身
让左右的口袋装满弱点
让多梦的人拥有最终解释权

粗布和麻衣的目光逐一碎裂
希望才能长出一茬又一茬
过去像流水一样曲折地去往未来
蔓延如草的线头缠绕在必经之路
优雅凋敝，白天大于黑夜
新鲜感成为影子与影子的调度室
第二天的太阳拥有着哀悼的气质

——原载《天津文学》2021年第10期

人到了美术馆会变得好看起来

人到了美术馆会变得好看起来后
可以将想象力的亲属种在墙上
不必再依靠赞美而活
换上干净的表情，衣服
一起看看人间闪动的光斑

从大豆、高粱，从西瓜、香蕉
从五月、六月，从春天、夏天
地球自转不休，公转不休
一个个都在这里真金白银地抒情

属于梦的部分，单独欣赏一遍
感谢为自己的青春效过犬马之劳

亲亲自己的脸和眼睛,感谢平凡
这么多年没有变心,依然相伴

闭馆的时候,在意见栏填上
禁止时间擅自写好大结局
即使美术馆的外面依然满脸胡须
只有风专业地点评今天的天气

——原载《上海诗人》2022 年第 5 期

时间突然碰了他一下

我还能沉默多久

那些想永葆青春的人终究是老去了

风和风充满敌意,互相攻击

胶带把我和生活粘在一起

在闹市的腰间绑上陨石

让它历险,让它彻底地心碎

作为隐士,放过扎进手心的刺

被疼不停地围捕,重逢在青天白日

从其他星球里记住的虚无

不断地坠落——

让天空输血救援

让想象力接受封闭式训练

让老实巴交的哭和笑回到老实巴交的人那里
……

直到时间突然碰了
站在南墙边的男人一下
他便爱上了我,像我爱上他一样
周围的危险纷纷甩来温柔一瞥

——原载《上海诗人》2022 年第 5 期

这个夏天

风按摩着我疼痛的小腿肚

顺手拨开时间的缝隙

让一束光伸出头来,执勤

记录人间的虚和实

我将用来做梦的原材料:

眼泪和想象,鲜花和焦虑,碎玻璃和伤别离

堆放在一起,堆成一张菩萨的脸

赦免遍地的玫瑰和玫瑰身上的刺

让雨水是雨水,是恐惧

是一张爱人的脸——

让多年来被培育成功的欲望

结出一个个香甜果子

风帮我穿好翅膀
紧握着开败的荆棘
飞向太阳。不是去赞美太阳的功德
太阳,有时候并不想成为这个太阳

——原载《鹿鸣》2022 年第 12 期

寂静天团换届大会

我爱过一种寂静
今天把"过"字请出场,当作列席嘉宾
参加寂静天团换届大会

半开半闭的会场门口
炉灰,干柴,梨花,好天气
都是候选代表,会变白的发
会掉泪的眼成了投票人

坦诚:我离开自我有些时候了
目光短浅,体力不支
我得为结局,学习鞠躬尽瘁
手握的章程报告不过是一把流水

时间会为选举结果举行受戒仪式

作为如烟往事钦点的主持人
我需要学会搬起石头
砸一下自己的脚，让自己老实疼痛
大沧桑尚远，依然需要按照
一棵草的流程活完这一生，至于
丢进延长油田材料库的纸张
就让它与灰尘一起修行

——原载《石油文学》2021年第5期

寂静工作者的社会实践

假如那天,我先挑选
和寂静搏斗,结局会不会不同

剥开沉默,我们的孤独长得雷同极了
今天和昨天一样,呼呼生风
作为寂静工作者的社会实践
让词语噼里啪啦地燃烧的时候
默不作声是残忍的

我去往即将诞生的节日里
和喧闹组建了团队,带着硕大的疑问句
在黄土高坡寻找永不相见的海域
直到责任已尽,偏执成了眼里的鱼虾

总有人期待你我再次相遇

让爱情紧挨着爱情

假如那天,你没有挑选

和寂静搏斗,结局会不会不同

——原载《特区文学·诗歌专号》2021 年第 6 期

治疗无症状过敏情绪

坐火车，治疗无症状过敏情绪
给日后认识的人送去原谅
居住在森林数年，掌握了心脏跳动的喜好
注意力不集中的无意识
被沉默涂抹成浅绿色、深绿色后
拍一拍手掌里雕刻的黄土高坡
多出来的那条神经，孤身前往
多余的峡谷，遗失眼泪也并不伤感
遇见的橘子树上挂着的橘子
针尖，麦芒和我面对面
没有任何声响地扎进脚心
伸出目光，呼唤一面墙陪我哭泣
以一个亲人的身份

被遐想咬得鲜血淋漓的情绪
在窄窄的时间走廊之中
舍不得走得太快,撞疼真情
不想继续想下去,雾蒙蒙的判断力
生活,工作变成了破布和麻絮
我需要好好睡一觉
梦见陕北的大海里长出长长的叶子

——原载《特区文学·诗歌专号》2021 年第 6 期

一个叫七里村的地方

提起七里村,石油人
总喜欢直奔记忆的源泉
源泉里有宽阔的胸怀
储存着太阳,瓜果,抽油机
天不会永远地空着
村里每一寸汗水都和时代有所瓜葛
陪着整个祖国舒展笑容

青苔上,砖瓦上,土味的风上
通通挂满星辰。直到星光茂盛
百年的记忆就此托付给了七里村
那些滴水成冰的日子早已离去
那些用石油做成的山,守着亲眷

守着白云,守着乡音何等用力
时间将自己送给村口往事如烟的烟
让他不断长出来新的深情

——原载《延河》2021 年第 2 期

山水延长

风,顺着自己一路吹着
吹绿了山头,吹醒了北方
顺着千沟万壑吹,这里的男人女人们
因相亲相爱的生活而流下了
滚烫的泪水,直到烫进地层之中

我天生是一个爱听故事的人,守着
每一块岩石不断地感动,被感动
将每一天都活成自己的起承转合

开始拒绝成为一个干渴之人
像天空一样将广阔招募
那些张贴在黑夜心口的星星们

一寸寸长在白天之中

然后在每个人的目光中变得年轻

土地将这动人一刻,记录在左心房

——原载《石油文学》2020年第5期

小夏日

西瓜田和落日
我把相似的一面数了又数
都在转身的时候,再也找不到了
蝉鸣了几遍,月色是要凉下来的
我的衣裙无法左摇和右摆
山坡上的草还是整整齐齐
长了一遍又一遍……终于
学会庆幸,每一种情绪都被戳中过
知道什么样的眼泪会很咸
更适合流淌在什么样的季节里
在此之前,势必要留住一种美丽
制造寂静外的风声和雨声灌溉彼此

——原载《滇池》2020 年第 2 期

我的年月日

太阳在人群中呼呼大睡

我在屋里被热水烫伤

也被凉水冰冻

我的深情喜欢在眼睛里洗澡

只有安静在屋里走动的时候

面前的那堵墙才会停止思考

一片被注射了蓝色液体的天空

居住在饱经风霜的绿色之中

那里有我烧坏了的宽容

失败者的拳头,有些松弛的微笑

没有忘掉的人和事,在回忆里不断地膨胀

共同在"嘭"的声响中结束命运

留下这些年安的营和扎的寨

被寂寥每天和灰尘搭伙过日子
旷野里无人认领的词语
早已习惯了被风吹来吹去

——原载《上海诗人》2022 年第 5 期

今夜痛饮星辰

九月十五日，阴

熬了两个月的夜，滚烫不已

是时候点燃灯盏，宴请宾客

不熟悉的草，继续不熟悉吧

把一句话切成几瓣，分给七个人吃

怕吃不饱，怕吃急了胃疼

围坐一起后，星星难过得要命

苦的味道太厚，吸引

一只鸟撞破了自己的羽毛

羽毛里粘贴着人性的悲欢

虚和实在井字楼里

摩拳擦掌,去没有流干眼泪的
睫毛上稍事休息
表扬一遍认识的刺,舍得让血流出来

原谅你没有爱上的人,原谅开始
光阴铿锵,身体开花的人们
注定会有新疤,长成某个汉字
目光碰在一起,诞生新的抒情
清空酒杯,痛饮星辰

——原载《上海诗人》2022 年第 5 期

慰藉之果

通知接种新冠疫苗的那一天

想起被流水洗过三遍的悲伤之事

练习适当平静下来

吃一颗慰藉之果

闭上眼睛，安抚一遍嘈杂

让憧憬在生活中名列前茅

新的一天开出的红的、白的、黄的

小花，把良善萃取出来

太阳懂事地烘干，凝固

和衣服晾晒在一起

从办公室八楼望下去

开阔的十字路口

背着你我的晨曦和日暮

挑选风霜或雨雪进行心理辅导
那些透明痛苦里的男人女人
治愈着一场场过期的眼泪
薄荷味般地走过那条长城路

——原载《石油文学》2022年第5期

睡眠细胞模型

我把它放哪儿了
细细的、窄窄的、软软的
只容得下一根手指,不
不是,是一句话自由活动的空间

是不是它自己乱跑了
沿途须知上我的字迹潦草
没有写清楚坏字的大小、长相和密度
也没有给它的影子安顿一句:
注意安全

一定在某处,某个地方
和我的距离不过是一个呼吸

真的，我记得它干净的样子
我要找到它

失眠的日子里
刀子一次次威胁要绞我的心
害怕极了，真的
我把它放哪儿了

——原载《鹿鸣》2022 年第 12 期

一九九〇年

到一九九〇年去的那一刻

我不知道有一天我会成为一个诗人

记忆被一块一块掰断

母亲的眼泪刚好滴落在

其中的一小块上

饮尽糖浆,将球状的理想

像扔铅球一样扔出去,气势很磅礴

单枪匹马地站在想象力的巨笼里

挑战比命运更多舛的真理

催生出火山,海啸,泥石流

撞击太阳,也想把黑暗撞击得粉碎

掉落在地面的时候

干脆午休一场

那些玩具大小的快乐

塞进一头大象的肚子里

然后跪在菩萨面前

祈愿着什么

———原载《石油文学》2022 年第 5 期

自由和玫瑰

这三年,不停地在对错之中
起起伏伏,大口呼吸
不停地与规矩,你来我往地博弈
把精力捆绑在麻木不仁的体内

听着新涌出泪水的旧道理
像一条毕生寻找的线索
把灰尘挨个连在一起
忍不住冒出来的金点子
是一个未被盖章的家

让我从木板,钢筋,砖块,意志
挑选发明自由的原材料

去往水性极好，深蓝色的未来时
先把梦凿开一个大洞
把为爱而亡的眼泪埋进去

那些缠身的疾病和欲望
越闹腾，目光越寂静
让火焰退休，在玫瑰面前
只喜欢一身戾气渲染气氛

写好的生活札记，从灰烬里
逃生，我承认我是一个俗人
但是不愿意和俗世并肩站立
拍一张好看的结婚照，在发明
自由和玫瑰的路上，总因浪费
多数时间，心动不已——

——原载《鹿鸣》2022 年第 12 期

第三辑　做一件大于太阳的事情

比如：爱你

奔跑的途中，我想做一件

大于太阳的事情

比如：爱你

我需要辽阔指向我

为了理解宿命,不敢帮谁
扇风,也不替自己点火
爱情和我并列而坐,嘘寒问暖

只要我还爱着,这一天的身体
就有理由长出另一天,直到
影子慢慢淡出,我需要辽阔指向我

眼里深藏的一片湖水,无争无欲
被拉伸为立体状,直泻而下
剧烈撞击怀里的礁石,绝不
讨要生活欠下的第八十一句真理

——原载《芙蓉》2022 年第 4 期

蓝天下

话没说完前,我们各爱各的
风放低了自己吹,我们还觉着冷
我们各自舍弃得何其勇,何其敢

蓝天下,整个天下都是蓝的
我们能蓝成自己的模样,多幸运
索性我们蓝得干脆一点,清楚一点
不借助任何人的声带,将蓝大声喊出来

没别的,只想多年以后
我想要你赢个天下给我,披着蓝披风
像个大侠,将我爱来爱去

——原载《十月》2020 年特刊

小狮子

幸好，只要在黑夜
就不止我一个人孤独
如果我是你，我会爱上我
哪怕仅仅一秒钟，我要你拥有
真实的绝望，如我这般灿烂的黑
即使不是爱情该有的样子
也足够让影子发出光来，这样的光
会重新换回我的视力

我要栽种绿，只要还有绿
笑与不笑都变得可靠
想想这些年，我的脸成了修炼
失眠的主场后，我颓败得一无是处

只有你，才能让我重新成为一只狮子

一只擅长打碎光亮，说声抱歉的小狮子

如今因为学会流泪，毛发变得柔顺

——原载《上海诗人》2022 年第 5 期

慢一点

那是一年中真正灿烂的一天
和风赛跑的少年
疏散了大片的乌云
田野里的一切满脸都是吉祥如意

我脱口而出说了句爱你
形形色色的想象就跑出来围观
也许他们想劝我慢一点
慢一点去打开生活的百宝箱

保持期待的时候
我就不会看见简单的忧愁
有一天一脸络腮胡子、大肚腩

没关系的,天空流下眼泪的时候

我们带着皱皱巴巴的天真,回家了

——原载《芙蓉》2022 年第 4 期

去恋爱吧

风没停之前
我们一起摸着石头过河
河水里的水花,溅湿了裤脚,手掌
和眼睛,我们全当作了动人的情话
我们不断地想起一个成语"天长地久"

我们像个孩子,把靠近永远的词语
周围堆满五颜六色的糖果
担心吃得太多,长了蛀牙
担心让别人妒忌,偷吃了去
担心这些糖果还不够多,不够甜

不想了不想了,我们认真地去恋爱吧

我们需要与一生中某一个瞬间撞个满怀

我们需要将彼此的影子叠加在一起取暖

跌倒了或被接住,我们才能知道

怎么哭怎么笑,更好看

——原载《地火》2022 年第 1 期

我要遇见爱情了

我真的开始一步步走向轻盈的水滴
我轻得听见自己的影子,自己的梦
梦想的梦,我觉着我快要笑出声了

那些过重的衣服,我都扔掉了
我怕别人捡起来,回头又燃烧个干净

我把偏执的一面,还给了风让他吹吧
吹得足够大就能治愈那棵歪脖子树了

关于我多年以来没有背景的绝望
就当作慈善事业,全部捐给了
没有边际的大海,他比我更需要

原谅我,不想说更多了,关于爱
我这样的大人知道的未必有小孩多

——原载《地火》2022 年第 1 期

离歌

水温尚好,我们将身上的刺通通拔掉
寒流袭来,每一只毛孔都有疼痛的冲动

你会给我披一件合适的大氅
外加一个烤炉放在我怀里,保护
我的胃或心,然后继续熬最黑的夜
眼泪沸腾的时候,是我们最口渴的时候

现在我有了垂钓的体力和耐力
你的眼睛里再圈养不了任何一种鱼类
买好的那么多鱼饵巴巴地看着
我们像做错事的小孩,不敢抬头

——原载《中国校园文学》2021年第2期

大师公园

在大师公园
橙子和爱情一样高烧不退
但在杂念军团的面前
依然可以打一场漂亮的翻身仗

在大师公园
眼睛一定要再深邃一点
让孤独有处可藏
把爱和恨当作主要元素
把内心的陡峭拎出来
见见世面

在废弃多年的窑洞前

想象命中应该有的暴风和骤雨
一场就好，等到心情好的时候
坐在大师公园
将日出日落，左手换到右手

——原载《延河》2021 年第 8 期

幸福路

我们逃离雷声,用闪电的速度
导致没有找到一个合适的隐身之地

想想人生尚未遍历,别拒绝
命中注定的枯草和惨败——

我们要坚持到儿孙满堂
坚持和草木抗击衰老和贫穷

坚持拔出生活的钉子和孤单
坚持洗干净锈迹和卑微

我们要活出该有的悲伤

我们也要活出该有的幸福

我们要把事物再重新尝一遍
我们要重新选择眼泪的清澈度

然后并肩走在路上,看看太阳
把谁照耀到内心微微一颤

——原载《诗歌月刊》2020 年第 9 期

爱你爱得太久了

寂静,成了余生全部的财产后
我得继续好好吃饭,好好睡觉
让温水里洗了又洗的年轻
回到清白的模样……

那些孤零零的时间多么无辜
长在风里的那一部分
该怎么去忘记呢?
有没有眼泪配得上这样的悲伤?

太久了,我爱你爱得太久了
悲伤也变得暖和起来……
眼睛里止不住地涌出来平静

目送着记忆一点一点
撤退到遇见你的前一天

　　　　　　——原载《草堂》2021 年第 10 期

安于室

安于室，遇见相爱的人
会不会是一种幸运，四海和八荒之中
大树，森林，草丛
长得都有自己的道理

安于室，秘密地爱着每一个人
我是自己的雨露，晨雾和松柏，芍药
我的室外只安放拐杖和狗吠
院子里，豆苗稀了又稀盛了又盛

安于室，不羡鱼不羡仙
不会再整夜迷恋风水术
天一亮，只观赏眼睛里圈养一片
汪洋的潮汐——

——原载《石油文学》2020 年第 5 期

慢慢爱

眼睛里的水分不断增加,溢出
灌溉着合欢,紫荆,水仙,大方地
将香气分享给白天的白,黑夜的黑

风慢慢吹,我们慢慢爱
我们一起漫山遍野地发绿、开花和撒欢儿
我们一起梦中做梦,没有人能盗得走
我们一起失去又得到对方的时候,时间最慢

我们慢慢在大街小巷收集糖果,要被
细细的水流稀释,长长地流淌进
锅碗瓢盆之中,要留一部分发给人人
人人赠送的祝福,用来慢慢地生火
慢慢地做饭,慢慢地喂大一个漂亮的孩子

——原载《地火》2022 年第 1 期

水的呼吸

对不起,我又对你动心了
就在我和手里三十八摄氏度的水
一起呼吸的那一刻
我确定,我又对你动心了

那些生出黑眼圈的星星
将过来人的教导种进黑夜里
偏执自觉退居二线

我不能让水停止呼吸
否则就要生锈,全身长草
草勒在心上,我觉着疼

为挽留水温，我鼓励身体里

长出来讨厌的花朵和蝴蝶

鼓励眼睛里的火块，噼里啪啦地响

——原载《诗歌月刊》2022 年第 12 期

恐高患者

对于恐高患者来说：
你看着我，让我有眩晕感

我怪自己体内没有更大的蓝
接住你多余的忧伤，这使我
容易急着去买一瓶蓝色墨水

奔跑的途中，我想做一件
大于太阳的事情
比如：爱你

——原载《诗歌月刊》2022 年第 12 期

未来的你

万物退场后
我渴望你得到我
用尽我的热烈,孤注一掷

而我在你离开后继续哭泣
灌溉着你留在我体内的每一根刺

我要确信,拔出来的那一天
我还有足够多的水分和抒情
与暴雨如注的夜晚达成和解
迎接让我再次出生的太阳

如今,我用恨再次找到爱

可惜的是我需要停止爱你了
从灵魂溢出的思念,已到达尽头
你站在未来的路口,像一个影子

——原载《绿风》2020 年第 1 期

无限爱

一个恐高患者,在铜铃山
自愿眩晕,恐惧,举步维艰
山知道山有多大,我知道我有多偏执

我在北方安营扎寨多年
要柳绿就让花红
要绿水就让山青,要绿就绿彻底……
绿成南方的绿林好汉

只是,我绿的力气、勇气远远不够
没办法,将你来来回回爱一遍
还没爱够,我就要回去做个诗人
而你,生来需要诗人到此一游

——原载《诗选刊》2022 年第 1 期

吉日

遇见你的那晚
星星落满头顶
想看我戴怎样的头纱更美

在这之前我已准备好
足够多的孤独酿成酒
款待每一句等待多时的祝福

擦干净的玻璃攒够足够多的
寂静，欢迎我们正式入住
彼此的身体里

——原载《中国校园文学》2021年第2期

啜饮黑暗

策兰,我又看见苦难了
从网络,报纸和自己
和你一样,如今"满手时间"
只是缺少了天平,却也甘愿
啜饮黑暗,休养生息

我用拳头击碎的天空
变成了星空,那些和我一样
喜欢和黑暗玩捉迷藏的人
都不会轻易老去(不敢老去)

今天开始,热爱所有的影子
只有影子,在苦难面前不动声色

并且勇敢地承认——

我真的没有爱上白天的天赋

——原载《天津文学》2021 年第 10 期

捕云人

蓝天做媒

整片山头的云

成了待嫁的新娘

我是唯一的宾客

写好致辞,大声诵读

然后欢迎每一声祝福

只是,时间里是有风的

那些云也会飘向不爱我的人头顶

这将让我和洁白互欠一个永恒

多想留下他们,用尽我的温柔

如果不能,我要捕获他们

用尽我的危险

——原载《石油文学》2020 年第 5 期

潮水汹涌

想到生活，就会想到很多人
和很多人手握的枯寂的枝条
悬挂着迎风也无法招展的眼泪和疲惫
一起挤压我的胡思乱想
现在我已经不会再说爱了
你和我之间，挤满了时间
爱因为没有呼吸而堆满皱纹
我的绝望没有触摸到你
你依然是自由的主人

——原载《绿风》2020 年第 1 期

延一井的孩子们

你看到,遍地的植物播放着
呼呼风声,叶子们互相鼓励着
要绿,绿出一生的功和名

太阳张开巨大的眼
看着时间滚烫地跑起来
将钻石镶嵌进汗水
种植在地层之中
收获安全,宿命,满脸的喜悦

七月,满头花朵
青春陪着山脉从春到秋
将彼此的命运焊在了一起

延一井的孩子们从来不吝啬

各自深情,站在田地里

诵读生活,诵读生活里的道路

孩子们,喜欢并枕而眠

将黑夜和石油粘贴在一起

热爱苦,热爱声声往昔,热爱……爱

——原载《延河》2021年第2期

阿司匹林

时间正面和背面的斑驳太多
这个世界没有准备好相应的墙，让我思过

不知道错误穿着怎样的格子衬衣寻到我
直到，我自觉长成一面墙壁

别怪我，不再与你有任何言语
你走的那天，蹭了一袖子灰尘

别拍落，别呛着
别面对我咳嗽不停，剩下的日子里

人生的重点词语，有秩序地站满手心

手背已开好了一朵彼岸花

抬起头,越来越肥胖的蜘蛛以及
一片急救的阿司匹林还在空中挂着

——原载《中国校园文学》2021 年第 2 期

我拿什么来爱你

天空中的鸟儿那么多,总有一片
羽毛要掉落的,掉落之前
爱只喜欢声势浩大

想想,只有你拥有着我的灿烂和绝望
你拥有的时候我便确定,你比我
更富有,可惜这富有让我妒忌

你说,我一天比一天好看,一天比
一天健康,一天比一天爱上了做梦

我不停地将天喊空,终于"千山鸟飞绝"
而你的双手始终没有捂热窗外的风

原谅我，只喜欢把每一个完整的黑夜
逼进角落自省，直到哭出声来……
最后因无法托出我的罪而反复失眠

谢谢你，将无用的黎明哄骗在我眼前
带着我从不想察觉的迷人一面

——原载《绿风》2020 年第 1 期

孤单，或灿烂

我们从彼此的空白处逃离出来

隐入深夜，夜里被抑制的黑

显得有些委屈，迫于想象

把世界和你都褒奖一遍

留下影子自己消除莫名其妙的敌意

我们有很多话想说

我们有很多人想爱

我们有很多路想走却迷了路

时间正在不断地折叠校正

自己。成了靠近正确的名词

我们从虚幻中找虚幻

我们从痛苦中找痛苦

我们从自由中找囚笼

把重复的部分燃烧,灿烂的

像我和你做过的每一场美梦

终于,我们相爱多年孤单多年

成了彼此的影子不再歌唱的美

——原载《地火》2022 年第 1 期

理想万朵

我是幸运的
理想在身上烧成万朵鲜花
嘴巴阻止喊疼的欲望

你知道,我与火焰之间
一定有谁率先绝望
运气好的话,我会在绝望里开花

反复修剪残缺的想象力
才算没有辜负半世的平庸
你放心和荒谬站成平行线
互相张望,惹我艳羡

只要你不来寻我

誓要与荒凉肝胆相照

你会相信我,从清理一空的眼睛里

看见,爱你是我的宿命

——原载《青年文学》2022 年第 12 期

破执

他说他要爱我,爱到老
每次相见,目光汹涌

凛冬季,将冷气捂成热气
压箱底的星星,我好看的笑容
他喜欢的,都舍得给

脚下的水泥路,还没白过瘾
他不告而别的一刻,我正在
画面外忧国忧民。落地的刺
捡起来,重新种植身体上
购买新鲜的泪水来灌溉

春未至,已长势喜人
我在庙门前,祈愿——
来年人间的暴风雪都给我

——原载《青年文学》2022 年第 12 期

月光爱人

黑夜逃到你体内的时候,带刺的
小花开得正好,沉默靠近的时候
你意识到已失去疼痛的本能
自觉得渺小,平静,百无一用

隐没在虚无之中,你逼着自己
赶欲望出门。火焰因无法燃烧你
眼睛里的美丽而变得沮丧,沉闷

你不该两手一摊,坐在孤独之中
你的颜色、性格及脾气和整个房间
不够匹配。街市依旧井然,你要

奔跑起来。灼伤未来的雨滴,这样
便有机会在滂沱之时,拥有唯一的爱人
别急,被救赎的月光正为你祈祷
祈祷,我就是你唯一的爱人

——原载《十月》2020年特刊

那座火山久经休眠之苦

脚下的泥浆过重,可以建设

自己的军队,喝一碗酒水

让身上的烟火气善良一点,别叫醒

遭遇过的提心和吊胆

那些长久的祝福就长在嘴边

那座火山久经休眠之苦

彼此也算找到了要做的事

小成分的遗憾,在爱情里面

从来没实现按劳分配

向那座火山学习,准备好像样的平静

在没有帘布的窗子前

保持弃绝者的形象

有柔情要摧毁我之前

整张脸都团结起来，那双玻璃脚

深知灰烬都是哲学家的脑袋

休眠是那座火山身上唯一的法器

关于爱情的好词好句都被

别人说完了，荒诞成为眼睛内

相对静止和可评估的一部分……

——原载《芙蓉》2022 年第 4 期

只要你半滴眼泪

天气尚未熟透

把你的思念放入我的思念

把生活的局部填满

想想这些年,时间一声不吭

别人面前我都交了白卷

你不停追究一些天长地久、海枯石烂

简单成语的面积、体积之后

我只要你半滴眼泪

把这场爱情里的灰尘捞起

留着日后你在旅途、在厨房

学会适应和不适应

我知道的，今天你无法解答
明天也会无法解答
你喜欢取悦的都是问题本身
在我越来越老的时候
也许我会主动体谅谜团

宽容会让时间软绵绵塌下来
让你的答案顺便落在上面

——原载《延河》2021年第8期

我在丽江给你写信

在丽江
身后的夜晚已自觉学会了哭和笑
行囊再加重一公斤我都愿意
因为尘土再没有呛鼻
我从北方带来的九十九个分身
拼命地奔跑在古镇上

不需要经过任何人同意,将打烊的
店铺重新营业,我要重走你走过的
路之前,正大光明地塑造金身
这样你多情的眼泪和忧伤
再也无法腐蚀我的衣衫和肺腑

那些遇见你之前，更苦一点的日子
我已经没有存货了
如今，我在古镇心情大好
风过来，我学会了温柔如月

我在丽江给你写信
写路上一场又一场光需要如何
照亮你余下的夜路

——原载《十月》2020年特刊

她很美

她成了悲苦生活的测试员

将光阴嫁给了一场希望

在完美虚拟的世界

她可以成为一只蝴蝶，一颗硬糖

一架飞机，一艘巨轮

甚至可以成佛

和你在爱情这两个字的广场上偶遇

商量好以后一起吃早饭，午饭和晚饭

一起翻遍人间这本大书

眼角卷起毛边前，矫正辽阔

再辽阔一些——

她眼睛里留下的那滴眼泪很宽

容得下和你的所有承诺

她喜欢固定命运的镜头

拍出她此生最美的样子

——原载《石油文学》2022年第5期

那些被我爱老了的人

那些被我爱老了的人
都用白发一根一根地一笔一画地向我靠近
我从菜园子里采摘一些养分
供给他们走出门外,总是喜欢带着醉意
将我的年轻气盛与他们平分,然后
一起平静地退回屋里
将铁和温柔擦得雪亮
将身上取下音乐、绘画、写作
放在一起,像三兄妹
我们说着打开天窗后的话
那一年,五行未老,众生未老
每个人都没有忘记——
将生活举起的手,重重地放下

——原载《十月》2020年特刊

埋进风里的重要内容

你说一个人要懂多少道理
衣兜才会满满当当的
你不安地解释星星是星星
石头不是石头

这时候,天空偏北
人情从冷暖中逃亡
你的脑袋上飞翔着自由的香气
颤抖的光一心一意安慰着

梨子,桃子打扮得成熟稳重
我们终于试着开口说话
拿出热心肠,当作见面礼

至于，前一天埋进风里的重要内容

需要你提醒我在光秃秃的时刻
每天想几件卑微的事情
才会长出些什么
我以为会是爱情

——原载《延河》2021 年第 8 期

蝴蝶结般的爱情

把舌头打成一个蝴蝶结
曾许下的诺言会不会成真
在高温多雨的时候
把谎言关进密闭空间
让体验窒息的快感

在温和少雨的时候
歇斯底里的镜头,一闪而过
选择在一个热烈、斑驳的午后
对时间有所醒悟
安慰雨水茂盛的头发

空气的整张脸喜欢湿漉漉的

心情好的时候

随时晾晒，铺一层草莓干

葡萄干、香蕉干……

有猫跑过来的时候

风的力气不能太大

喜欢撒娇的男人，容易让你的心碎掉

走南闯北的香气，让心电图发生变化

都是你的运气，别客气

在亚热带季风气候

假花注定不需要你倾注日夜

没有谁甘心做一个空心人

你的爱始终如一，玫瑰和土豆

成了生活必备的经书后

有人陪着埋头度日，你便满脸堆笑

——原载《石油文学》2022年第5期

别，相忘于江湖

所有上瘾的思念都长成了野百合

在你姓氏的心房藏了一朵又一朵

眼泪，终于找到了一个容身的地方

方圆十里还能看见的花香

匆忙地赶过来，伺机正式入住

牺牲了的野草都把风当作借口

在我干瘪的肚子里没有画一个完整的圆

此时连空气都在不断地倔强

不肯说，如今你的那缕头发有没有懂事两分

那把丢了耳朵的吉他，就当作你最想听的漂亮话吧

我不等了，不等要给我送三句情话的月亮了

你走吧，走进你自己的梦里

我和余下的花草种子打算远走高飞

没有夕阳领队的你,别迷了路
你在夜里划燃的每一支火柴
将我名字的每一个笔画燃烧成灰烬
放心,我不会喊疼的……再有
九十九步,我就到达荒废了二十七年的湖上
里面睡着好多好多的记忆
漂泊的前一秒,把余下的每一天
一劈两瓣,你再嗅不到花香

——原载《十月》2020年特刊

骆驼或马

窗边的那个女人说了一百斤的话
你却要悄悄抽身,离开她
太阳落下去的时候
玻璃还没擦干净

下次见面的时候
你们的热气和冷气要靠彼此消耗
前辈们把经验堆积如白干山
剩下的不学无术在草木园闹声一片

滚滚浓烟在眉上飘
田野中那双活着的眼睛
存着刚刚捂热的泪水

用来栽树，长出的那些果子
会不会让你想起去年渴死的骆驼或马

——原载《芙蓉》2022 年第 4 期

睡在我手里的那颗野果

七月二十八日,阴
你还好吗?
鲁迅文学院的院子里的植物
正在敲击季节的窗户

睡在我手里的那颗野果
有着性感的野心
还有疲惫的不甘心
也许做梦都想让我成为它的一场抒情

有人想在这一天,找到克莱因蓝
为自己的天赋拍一张证件照
而我的相机被昨夜奶油味的雨

哄骗到去拍一只鸟的声音去了

今天晚上开始
我不要在自己的眼睛里下雨了
这场雨终究是把记忆的尾巴踩断了
涩了我整整一天的野果
是时候醒过来,爱上我

——原载《延河》2022 年第 12 期

她在大雾中写信

不说相思,便不会涕泪长流
她把谎言隔绝,在不断失去中
与肝肠寸断离得越来越近
安慰的声响,频频打乱方向
东南方与西北方,成为她猜疑
必经路途,告慰着每一场失眠

没有人告诉她璀璨究竟有多短暂
抒情无法到达爆炸的边缘
她就要不停地浪费眼泪去试探
然后适当吐露真言

大伤已愈,记忆时常暴雨如注

满树披挂着伤别离

雾霭沉沉,欲盖弥彰

明天落日坠落,疼不疼无人知晓

此刻她在大雾中写信

劝解自己不必在开花的悬崖上动情

——原载《延河》2021年第8期

我们靖边见

阳光将影子拖得足够长
就能代替灰尘表达深情
将时间的周围卷成好看的花边
我就还是你梦中的少女
墙壁上留不住风的孤独
我正在过着你渴望的平静
这里除了静没有别的
这里的蓝天天生适合白云
这里的夜黑得很用心,那条
石油路沉得住气,不会催我一下子
把话说完,梦做了一遍又一遍
依然没有破旧,不用担心未来
会迷路,掌纹和每一棵草木连成

新的地图，遇到的蔬菜，水
空气都新鲜如你，我还有
什么理由不知足呢？
我对每一个小孩都微笑
表示着对美好最大的向往
这里的大人们喜欢做的浪漫事
——你渴了，我就煮水给你喝

——原载《诗歌月刊》2020 年第 9 期

月光菩萨

皱巴巴的山川中
我们整日埋头工作
那时候头发黑黝黝的,和着风
那时候你爱我,我也爱你

月光清澈,虫草安静
时间伴其左右,我们数着灰尘
笑个不停,那是一生最好的时光

伸出左手,就有右手牵着
眼睛宁静又宽阔,在一片有斑点
的叶子下乘荫,打发梦境回家后
月光清洗干净的日子,就会被
菩萨保佑,你我便可以放心地好好生活

——原载《青年文学》2022 年第 12 期

流年何往

记得与顽劣的风对抗到底前
先认清岁月,以及岁月的子孙
让他们日后跪在列祖前
有悔可忏
曾立下壮语豪言
被命运这块大石滚下来砸伤脚踝
我的眼泪成了无数个碎片
飞进棉花里、湖泊里、爱恨里
路过的人把我拼凑在一起
练习与真理比邻而居
供养给硕大的宁静
直到偏执醒悟如神
像突然变好的脾气
在水落石出的一生里,检阅风霜

——原载《青年文学》2022年第12期

第四辑　风在风中

大风刷在睫毛上
我的目光就钝了
坐没有脾气的椅子,看着风在风中
如何闹矛盾,如何互相劝诫内心的苦
如何将眼泪落在对方的眼睛里
安静地熄灭远处一只老虎头上
疯掉的火炬

身体里住着一座庙宇

天远地偏时,最想遇见一个活菩萨
将暮色披在身上,劝解内心的苦
忍一忍……再忍一忍

那些把善良埋在人间的老人们
双臂腐朽后长出了好看的花朵
留下旧日风物把一生的话说给我
说给我身体里住着的庙宇

这座庙宇,容许万物的面具堆放
然后生出的乱石和杂草
纠缠在一起,说着怨也说着恨

天亮之后,帮忙的帮忙

添乱的添乱,清理结束后的双手们

在我这里领取六畜兴旺,风调雨顺

其中一个领取到了自己的命和命运

——原载《四川文学》2022 年第 3 期

风在风中

你知道的,我喜欢用眼睛

剜掉桌子上的霉味

剜掉让我身体过敏的

烂桃子,烂苹果,烂梨

招待上门做客的无所事事

剜掉饿死了的词语

(即使给它们喝水吃面包,救过来后

早已出门远行了)

大风刷在睫毛上

我的目光就钝了

坐没有脾气的椅子,看着风在风中

如何闹矛盾,如何互相劝诫内心的苦

如何将眼泪落在对方的眼睛里

安静地熄灭远处一只老虎头上

疯掉的火炬

——原载《上海诗人》2022 年第 5 期

读一棵树

倚靠在一棵树的时候
意识正在控制着世界
控制着世界上车辆的速度
还有车辆里坐着的男和女
刺眼的光打碎了我的视线
让我把影子短暂抵押给一棵树
这棵树未必会喜欢我
只不过见惯了风雨,有了城府
也许,和我一样也会在
没有风吹的时候
想在火星上吃一根冰激凌
或者就像现在,我们不说话
各想各的人间绝句

——原载《芙蓉》2022 年第 4 期

青苔满身

放过的猛虎,放过的星辰
放过的每一个有用的标点符号
在布满灰尘的掌内依然立正、稍息的姿势

从老屋的胸腔掏出沉默后
放进桌角等我的中年水杯
开始思念那些和我未曾谋面的人

他们没见过我如何饲养老虎
扣一箩筐的星星
还有将标点符号军事化管理
……

没走远的风总在夜晚胃疼的时候

将沉默吹开又闭合——

流在河里的心里话,青苔满身

——原载《中国校园文学》2021 年第 2 期

眼睛里藏着一大块瀑布

当顺从平庸累计成为一种历险经验
那些旧灵感,依然真金白银一样
诱惑我,期待我恼怒如石
住进树和面包里

在一大块瀑布里面冲凉
每一滴水比平日重五倍
为了清醒,或者过度清醒
选择在种花人到来前,深度游

巨石滚落,深渊突然更深了
满地的荒唐,翻耕后举行极乐盛宴
那个青年画家、歌唱家、诗人

私藏清澈的睡眠通通保你平安

让思考生产糖果颗粒,保存雕塑形状
在你还没有学会真正的悲伤前
储备全部的力气,在于不要坠落
眼睛里就会一直藏着一大块瀑布

——原载《芙蓉》2022年第4期

清平乐

山水之境内
载着一船又一船的风景
赠予十里八村
烟霞落进眸子里
未来便燃烧起来
打理好的光景
鞠躬问好,从南到北
欣赏清风和明月
临摹真理的面容

——原载《诗歌月刊》2020 年第 9 期

初生

穷极一生,与平庸为伍
脱不了俗,便将红尘裹身
遮羞,御寒,迷惑终生

从一天的平静之中
生起的杀伐,自私和自利
围剿判断力,和少得可怜的慧根
颓败进一堆烂泥、破铜烂铁里

世人喜欢向大街小巷扔出舌头
为生活制造混乱,毫无羞愧
纵情欲望,让植物、动物发烧到发狂

老人们说,人各有命

风各有方向,但明天

风照样会悲悯地吹向你

为你累积的坏心眼,消除世仇

试着放过对名利的要挟

像初生一样

——原载《青年文学》2022年第12期

你的孤独漂在海上

光线很宽,容得下你
可你并不急于获得宽度
进入想象,或再想象的阳光、糟鱼、水草
正与俯下身来的天空,交谈

这片海没有被预言,来得及占卜
你来得及看见自己——
这片海用唯一的神力抱着你
吹来的风,没有更多没有更少
在这速朽的人间
你和做过的梦学会了成全彼此

我转过身

容许你的目光从白龟山,缓慢长出
容许你的孤独漂在海上,没有边际

——原载《红豆》2020年第3期

呼吸形成的多边形

从灰尘中逃出来，然后把我爱成你
夜被寂寞打肿之后，打捞井底的月
掌心是泪水的遗址，浇灌细胞状花仔
没有人参观感动的时候，颁布律法
要求眼睛把一件事切成几段
分发给饲养在胸口的老虎和豹子
为苦难和愤怒加冕，只是今天的阳光
被谁加了二两糖分，呼吸形成多边形
提醒我们碰壁和觉醒——
整个空气质量很高，大受欢迎
像大师莅临指导一般——

——原载《作品》2020 年第 10 期

发声

你深知我贪恋这人间的声色
用墙壁毕生的白
熨平我的声带后
我只管面壁

疲倦躲进眼眶后
那三亩麦田不敢出声
他们知道我的坏脾气
我会一甩手给一万棵野草
逼他们沉默——

饥饿开始发怒
雷雨劈头盖脸下来嚷嚷

蝴蝶的翅膀湿了几对

未祈祷的第一百零八遍
谁发声,谁就是最亮的那部分

——原载《滇池》2020 年第 2 期

我和我

我和我,共用一张脸
却从未说过相同的话

风对着我们彼此秘密的局部
发了疯地吹着——

我们急着与两片树叶交换掌纹
树根已没有多余的泪痕
第二十八个夏天
彼此都忘了曾汗流浃背

风停了,我们收回敌意
扔一枚硬币,替彼此做主

这些年,大意失去的洲地
我和我要不要互相致歉

　　　　　　——原载《中国校园文学》2021 年第 2 期

塞壬

发现她的呼吸

正向着永恒的那颗星跋涉

整个夜晚,因为有要爱的人

越加深蓝。把声带送给第二天

千变万化的风景之时

天气依然出色,我却不是出色的水手

"看,有什么要飞起来了

飞成波浪的模样,是的"

爱上她吧,原谅该死的美丽

——原载《作品》2020 年第 10 期

经验交流材料

真正返回陕北,是在一个春天的夜里
大面积的黑、整夜裁剪体面的工衣
披在你的身上——

写经验交流材料时
担心受凉。长桌,长板凳
成了推心置腹的朋友之后
你喜欢用沉默表达中心思想

梦境固执地陪着你,发誓要帮你
将深情耕种在南方的巨浪里
等着偶遇大船,船上载着玫瑰和星辉

这时候的你喜欢举起双眼

演讲不眠之法。快三十岁了

早已经学会如何让石头和星星

同时饱腹，同时悲恸

你相信菩萨，相信绝望活不过眼前的 A4 纸

除了那个女人，剩下的交给大风吹

——原载《石油文学》2021 年第 5 期

天才种的玫瑰树

满手花种,等待着和某一双眼睛

在水里同时燃烧起来

然后追赶时间,以幻想为生

我们尚未学会生产孤独

只是彻夜不停地堆白梦境

将石头扔进河流,仰望星空

看着同龄的日常,互相迷惘

蜗居在水里的脾气们

生长成鱼群的王,嗅着飘来

清蒸或红烧的味道,然后

对记忆撒着最清澈的谎

每天的落日给予着最大的诚意
让成熟的碎玻璃在岸边
守护着天才种的玫瑰树

——原载《天津文学》2021 年第 10 期

一地故乡

风知道，我身上的灰尘太厚
厚到每次叹息中都有一阵咳嗽
黑暗因为被五指触摸过
而精神十足地站在夜里
等着我，像等着命中注定
那一刻，我多像一个老僧诵经
只为获得祈祷时刹那的呼吸
而我多需要一场大雪
和一场看不清长相的爱情
在炉火中燃烧，熊熊的那种
只有这样，墙壁之上的诸神
才会赦免我的平庸，百无一用
我只管掌灯，扫尘和翻新孤独

让每一块木头寄居一地故乡
月亮太凉了,我在小城取暖
将整个梦境泡在水里,覆盖绿叶
寂静地素描一些隐姓埋名的时间
还有我最彻底的抒情

——原载《地火》2022 年第 1 期

二十九岁之前

二十九岁之前

穿过冰川,摸黑爱你

我要在这水创造的世界

去叫醒你不可复制的沉默

积雪压实了我次第而开的美丽

可惜爱和被爱不是唯一的结晶

只好将潜意识注入其中

再冻结,祈求播种我未见过的花草

让鲜亮的色彩以隐喻的方式

在重力和压力下

宽恕我的一无所有

让绝望裸露着,用塑性流动

和块状滑动的希望,跌入冰川

找到身体的重金属,让荒谬在现实里
叮当作响,不再产生视觉疲劳
集体去往一座被夏天征服的宫殿
抱着气球,与真实互相撞击
受伤后,拥抱着生锈的血和泪
对群星和绝望集体感激涕零

——原载《鹿鸣》2022 年第 12 期

我把天空还给了你

我把天空还给了你
我终于舍得让你重新拥有
翅膀,我没有丢弃,没有折断
我只是把羽毛都拔掉了,像个珍宝
藏了起来。放心,你不会感到疼的
你会重新看见除了我之外的每一双
翅膀。多年前你放弃了飞翔的姿势
让我对地面忏悔了好久,好久

我把天空还给了你
你不用和我们一样徒步到手脚起泡
你不用再感受地面的拥挤和嘈杂了
光污染,水污染,所有的危险源你都

逃离了，而我会再次留在地面

我把天空还给了你
我和我的姐妹们，为你的逃离而庆祝
真抱歉，浪费了你这么多年的天空使用权
惊觉，我的脚对于地面有着致命的吸引力

我把天空还给了你
我就要回到地面了，建设好山水田舍
让我重新谢谢你一遍，从我没有认识
天空开始感谢，你不必婉拒说客气
摸过的蓝天白云，已接受我干净的泪水

——原载《诗歌月刊》2020 年第 9 期

草间居游

每天草说什么,风习惯听什么
绿就要绿出个样来
我在想象的温度里,失去重力

择一块石头,落下户籍
不谙世事,和黑夜的黑整夜对话
然后在大江南北的草间
每天游历八十一遍

不会再去反复回想
风雪里藏过的肉身
荆棘里藏过肉身裹挟的泥土
以及游在荒野中我无处可藏的尾巴

我的爱水分充足,喜光合作用
和我一样天生好命,潜在
巨大的蓝之下安居,乐业

——原载《石油文学》2020 年第 5 期

花的学校

吃苹果过敏这事,在花的学校
没告诉过别人,我不敢让苹果
成为最佳配角。小小的名声和气味
从酣睡中醒来,每句话都迎风飘扬
保存进黑盒子里的聊天记录
等着某一朵花开出来失败的恋爱
当作送给黄昏的献礼

在学会购物和寄快递之后
我就成了新花种的不二臣
记忆的结构有所松动的时候
邀请雨水长出新的七枝八杈
让花在学校里完成一生的叙事

我继续留下，伺候赞美

积极性高的肥料喜欢脚下的
三亩土地，在学校之外
种上能将太阳扎出血的刺
色彩长成校长，审阅
不再寂静的耳朵和眼睛
争取着服务心灵的特权

——原载《天津文学》2021年第10期

梦境被老虎入侵

梦境被老虎入侵

像绑石头,绑脚手架一样

我把词语这唯一的资产绑在身上

黑暗命令我:跑!跑快一点!

那只老虎,那只姓张、王

姓赵、李的老虎

就要追上来了……

我不敢停下来,我害怕一分

老虎身上的火焰便长高一分

我想杀了我自己,老虎也想杀了自己

……

跑到词语脱水,接近失明

我和老虎的眼泪几乎是一起

夺眶而出的

我把体内结成果子的慈悲

送到老虎嘴里,它嗅了嗅离开了

我又开始跑起来了——

——原载《延河》2022 年第 12 期

过故人庄

我该如何停止想念

那些被故乡遗忘的人

备好的干粮之上

年老的蜘蛛,耐心早已干枯

苦涩的土墙,昔日曾把幸福借给你

陈旧的衣物和住行

浪涛般卷过来,不管不顾地

打湿睫毛。面对那颗苹果肉

只想给太阳加一些柴火

烤熟父辈的酸楚和汗水

我该如何停止想念

那些金灿灿的乡愁
时光不过是一件得体的移动背景板
那些破了又破的回忆每年都要过
故人庄，过那个叫周圪崂的村庄
那是我的一粒沙，一阵风以及一个祖国

——原载《青年文学》2022 年第 12 期

后记

  关于这部诗集的书名，纠结了很长时间才确定为《采集星星的心跳》，可能是太想拥有年轻的状态。

  工作后回到那个生我养我的小县城当了一名石油工人，工作之地是毛乌素沙漠边缘，场站周围居民很少，飞禽却很多，比气温更冷或更热的抽油机是我最好的工友，风撒了欢满山满山地跑。工作的间隙，坐在山头总想找点不一样的事情做，那个时候读几本书似乎也成了我的日常。除了读书，感觉诗歌也是一种很适合表达自我的方式。

  在荒凉和寂寥中给文字穿一件想象的外衣，这些想象是固体的也好，是液体的也罢，经过时间小剂量的淬炼、沉淀，有幸获得一句或一首完整的诗。久而久之，有了自觉写作的意识，就这样在群山绕膝的寂静里，毫无征兆地爱上了诗歌。让诗歌和生活成为最佳搭档。笔下豢养的意象，都将是我生活过的佐证。

  想着如周朝的采诗官那般，在现实生活里，去试着采集大大小小的句子，提纯成一颗两颗三颗……星星。这些日常,就如同一件物体,可以感受到其体积、形状、功用……也愿意异常清晰地与它们的生命力活成一体。

当然,诗从来不只是文字的分行站立。诗是转折,是沉默,是颠簸,是宁静的风暴,庸常中的惊奇,破碎中的星辰,还有无数个日常里不断跃动的心跳。星光坠落,满地尘埃,每一粒坠落的尘埃都是值得被采集的另一个自己。

写作的过程,感觉将自己置身于自由、纯粹、蓬勃之中。所以反复告诉自己:写诗吧!把诗歌嵌在脚底,把日子过得呼呼生风。暗夜来袭,在胆怯、淤泥、敏感、洪流……之中,进入万事万物,我是其他人,我是其他物。把洒落的星星链接起来,成为星图。

今天,寂静依然在陕北这片土地上四处流浪,我愿像一棵野草一样,悄悄地生,悄悄地长。虽说生活的半径很小,写作总是青涩与不完美,这种感觉像一股力量支撑我不停地写,让我充满了勇气,珍惜平凡,信任奇迹。

世界在不断波动,每个人都是匆匆过客。最后我想郑重说一句:朋友,你好!这是我的首部诗集,我想诚邀您同我一起——采集星星的心跳。